AF495864

LES NOUVEAUX TABLEAUX DE PARIS,

OU

LES PROTECTEURS A LA MODE.

POEME SATIRIQUE.

LES NOUVEAUX TABLEAUX DE PARIS,

OU

LES PROTECTEURS A LA MODE.

POEME SATIRIQUE,

DÉDIÉ

AUX JEUNES AUTEURS.

PAR F. M. CORNETTE, du Département de la Somme; et Auteur d'une traduction en vers Français de l'Art Poétique d'Horace, actuellement sous presse.

(Attendite à falsis prophetis.)

À PARIS,

SE TROUVE CHEZ L'AUTEUR, RUE BEAUREGARD, No. 209;
ET CHEZ LES MARCHANDS DE NOUVEAUTÉS.

AN DIX.

LES NOUVEAUX TABLEAUX DE PARIS, OU LES PROTECTEURS A LA MODE.

POEME SATIRIQUE.

> Facit indignatio versum.
> (JUVENAL.)

SUBLIME JOUISSANCE aux humains enlevée,
Et que les dieux jaloux pour eux ont réservée;
Viens, céleste vengeance, Archiloque nouveau,
Brûlé des mêmes feux j'emprunte son pinceau.
Ecrivons, distillons le fiel de la satyre....
Quel siècle, justes dieux! offrit plus à médire;
Eh! Quand je n'aurais pas sur qui lancer mes traits,
Je trouverais bientôt pour tracer des portraits,
Ce Midas insolent qui gorgé de richesses,
Se pare avec orgueil du sceau de ses bassesses.
Je peindrais le mérite au silence réduit,
Le faquin qu'on admet, l'honnête homme éconduit,
Ici des parvenus la superbe arrogance,
Là le talent modeste en proie à la souffrance,

Les lambeaux de l'honneur, le faste des Laïs...
Ma foi, dira quelqu'un, c'est là peindre Paris.
Eh bien donc! Paris, soit, contemplons cette enceinte,
Qui d'un grand caractère offrît toujours l'empreinte,
Dédale, gouffre affreux, vaste, immense cahos
Renfermant dans son sein quelques biens, tous les maux;
Grand théâtre, où chacun, exepté l'homme sage,
Quoiqu'il puisse en coûter veut être un personnage;
Où sur de longs débris, l'intriguant étayé,
D'une chûte à son tour est d'avance effrayé.
Où le vice aux vertus fait sans cesse la guerre,
Où s'il est en crédit, l'homme à l'homme contraire,
Du poids de son orgueil écrase un malheureux;
Insensible à la plainte, et sourd aux moindres vœux;
Et ne sachant offrir qu'une faveur stérile,
Se dérobe toujours pour n'être point utile.
Ah! si je ne frondais ici que des travers,
Des ridicules vains, des caprices divers;
Mais les vices du cœur, la rampante bassesse,
L'égoïsme des grands, et leur âpre rudesse.
Des grands, me dira-t-on, oui, ce nom effacé,
Chez plus d'un parvenu n'est-il pas retracé?
Si le sort à vos vœux se montra favorable,
Est-ce un droit d'opprimer d'un faste insuportable,
L'homme que dans l'oubli, l'injustice a jeté,
Qui moins heureux que vous l'avait mieux mérité.
Si l'erreur à la brigue a dispensé la place,
Si le succès seconde, ou la fourbe ou l'audace,
Jouissez sagement, il le faut, ou mon œil
Verra votre néant à travers votre orgueil.
Vous êtes ce ruisseau qui trompant sur sa source,
Avec plus de fracas veut rouler dans sa course.
Soyez modestes, bons, sensibles, généreux,
Alors, le monde en vous va révérer ses dieux;

Les dieux pour s'annoncer n'ont que la bienfaisance,
Leur culte s'affermit par la reconnaissance;
Mais vous, quand nul bienfait n'est sorti de vos mains
Et qui sans les servir planez sur les humains.
Rois, dieux, de quelque nom que l'univers vous nomme
Le dieu qui vous ressemble est pour moi moins qu'un homme,

Mais en de tels sujets justement alarmé,
Mon esprit de lui-même a par trop présumé;
Et puis l'on me dira, vouloir qu'on se corrige,
Quand depuis si longtems, l'on écrit. Non vous dis-je, —
La satyre est pour tous un fidèle miroir,
Où chacun retracé refuse de se voir;
Et ne pouvant changer de traits, ni de figure,
Accuse en la brisant la glace d'imposture.
Contre l'erreur qui plaît, tous les efforts sont vains,
Et j'ai vu le danger d'éclairer les humains.
C'est un honneur trop grand, je suis loin d'y prétendre,
Dans son cœur à ma voix qui donc voudrait descendre;
Non, sans croire qu'un fat tout haut m'aille applaudir,
C'est assez qu'en secret, mon vers l'ait fait rougir.
Rions plutôt, fort bien, mais tant soit peu caustique,
Rions, sans oublier, comme rit un critique.
Revenons à Paris, ce merveilleux séjour,
Où l'on voit à la file arriver chaque jour,
L'ami des rangs, celui que tente la fortune,
Ou celui qui brulant d'une ardeur moins commune,
Croit le mérite seul pour percer suffisant:
Tel qui plus que l'honneur prise et cherche l'argent;
Ou bien tel qui pourvu d'un talent, peu de mise,
Pour réussir apporte un grand fond de sottise.

Voyez tout rayonnant arriver ce commis,
Un bagage mesquin sur chaque épaule mis,
A ses projets brillans il ne voit point d'obstacles,
Aussi déjà croit-il enfanter des miracles.

Les cœurs vont s'émouvoir, les portes vont s'ouvrir;
Les emplois, les honneurs, à son choix vont s'offrir;
Et présages certains de sa grandeur future,
Tout bon accueil est vrai, toute promesse est sure.
Fort bien; mais cet espoir si lestement conçu,
Dieu veuille que bientôt il ne soit point déçu.
Quel est cet homme noir, tout suant, hors d'haleine,
Qui de livres, d'écrits, a chaque poche pleine.
C'est un auteur qui vient par des efforts nouveaux,
Prendre un plus noble essor sur l'aîle des journaux.
Il a su que Paris en vrais talens fertile
Des arts et des savans fut de tout tems l'asile.
Le voilà se croyant sur Pégase monté,
Au sein de ses remparts d'un seul vol arrêté.
Que de succès brillans vont illustrer sa vie!
Mais un fléau l'attend, qu'il redoute l'envie;
Un rayon du soleil en un jour nébuleux,
Ferait bien moins d'efforts pour briller à nos yeux,
Qu'un auteur qui cherchant à se mettre en lumière
N'a d'obstacles à vaincre au bord de sa carrière:
L'on frappe, quelqu'un entre, et s'avance vers moi,
Il m'aborde. — Monsieur ne renret pas, je voi,
Son ancien Camarade, un ami de collège;
—L'amitié du jeune âge est un grand privilége.
—Eh bien! voilà mes droits, mes titres près de vous,
—Vous pouvez y compter. — Suffit, embrassons nous;
—Vous êtes à Paris. — Depuis un tems immense,
Pour mes faibles talens, j'y cherche bonne chance,
Mais de ce beau séjour l'on m'a dit trop de bien,
Et je vois maintenant, qu'il faut n'en croire rien.
— Oh! Paris est vraiment un pays de cocagne,
Ou pour avoir de l'or, il suffit qu'on en gagne;
Mais pour s'en procurer, il faut (et c'est la loi)
De quelques facultés chercher l'utile emploi.

Mais pour être employé, la plus sûre manière,
Est d'épier l'instant d'être mis en lumière.
Mais enfin pour percer, quelle route tenir ?
C'est ce but où chacun tend, et veut parvenir,
Je crois voir à Paris l'homme avec l'espérance,
Comme une goute d'eau dans une mer immense ;
Qui par l'heureux concours des vagues et du vent,
S'élève sur les flots, ou s'y confond souvent.
Le mérite isolé, dans cette alternative,
A bien peu d'énergie et de prérogative.
Rarement à Paris l'on peut valoir par soi ;
Il faut être annoncé, mon ami, croyez-moi,
Il faut des protecteurs, quoi ! ce mot vous étonne !...
La faveur au talent ainsi qu'au sot se donne !
Oui, parbleu, vous devez chercher quelque patron,
Qui vous veuille appuyer pour le moins de son nom,
Ou bien de sa fortune, et rien de mieux, je pense,
Aujourd'hui sur le nom, l'or a la préférence ;
Mais ces gens, dites-moi, faits pour tout protéger,
Sans qui l'on ne peut rien, savent-ils vous juger ?
Du destin des mortels devenus les arbitres,
Quels sont pour prononcer leurs talens et leurs titres ?
Leurs titres ? A cela je ne répondrai rien,
Mais ils ont plus que vous, les emplois et le bien.
Il ne vous reste plus qu'à demander encore
Par quels moyens secrets ?... Personne ne l'ignore...
Mais que tel ait changé sans travail et sans frais,
Sa misère en éclat, sa chaumière en palais,
Pour l'honneur maintenant c'est une mince affaire,
La vie est ici bas une éternelle guerre ;
Tel use de ses droits qui sans doute fait bien,
Vainqueur à l'ennemi, l'on ne doit laisser rien.
Dorimon, bel esprit, laissant là tous ses livres,
En un seul coup de main gagne vingt mille livres ;

Tandis qu'un pauvre auteur blanc comme son papier,
Ecrit depuis trente ans, et n'a pas un denier.
De son faste insolent ne cherchez point la source,
L'opinion se taît à l'aspect de la bourse.
—De la bourse! — Oui, parbleu, c'est ainsi qu'en effet
Maint protecteur puissant dans ce beau siècle est fait;
Voilà l'homme pourtant qu'il faut que l'on encense?
Et qui de vos destins tient en main la balance.
—Mais enfin n'est-il plus de ces cœurs vertueux,
Animés d'un beau zèle, éclairés, généreux,
Qui de tous leurs efforts secondant le génie,
Appellent auprès d'eux les arts et l'industrie?
—Oui, sans doute, il en est, mais quel frivole appui!
Ceux qui donnaient jadis demandent aujourd'hui.
—Avisons un parti. Le moment est critique,
Au besoin qui commande, il n'est point de réplique.
—Eh bien! d'un protecteur cherchant l'autorité,
Au vœu de l'intéretz immole la fierté.
—J'ai fait, vous le saurez un assez bon ouvrage,
Où le goût le plus pur éclate à chaque page;
C'est là mon plus beau titre, et mon plus doux avoir,
Un libraire d'honneur, secondant mon espoir,
Promit de m'en donner une assez ample somme,
Si quelque grand, de ceux qu'on estime et renomme,
Permettait que son nom justement encensé
En tête de l'écrit pût se trouver placé.
—Mais le projet est grand, l'entreprise hardie,
Dans un pays surtout où le goût se défie,
D'un nom que des écrits n'ont pas rendu fameux,
Et qui n'offre à l'espoir que des succès douteux.
— Ecoutez et voyez, si jamais l'on du craindre,
Qu'après de tels débuts l'on eut tant à se plaindre;
D'abord je me suis vu sans l'avoir mérité,
Sur un simple renom, reçu partout, fêté,

Je m'étonnais — Par fois l'on déroge à l'usage. —
— Jugez ce que ce fut, quand j'eus lu mon ouvrage;
Chacun se l'arrachait, voulait avoir son tour;
Et partout invité, j'étais l'homme du jour.
Celui-ci m'accablait d'éloges, de caresses,
Celui-là me faisait les plus belles promesses,
Un d'eux, (il m'en souvient) homme vraiment d'esprit;
D'honneur, j'aime à le croire, et d'un rare crédit,
Promet de seconder le desir qui m'agite,
En cherchant pour mon livre un proctecteur d'élite.
Mais d'un frivole espoir que l'effet est amer,
Honneur trop desiré, je t'ai payé bien cher !
— Poursuivez, j'entrevois la fin de l'aventure,
— Le voilà donc parti pour vanter ma brochure,
Chez les grands de ce pas son nom va m'étayer,
L'état me doit, eh bien ! il me fera payer,
Et pour me procurer l'agrément d'une place,
Il n'est rien que bientôt il ne dise et me fasse.
Pendant ce tems, des vers au gré de mes désirs
Éclos chaque matin, naissent pour ses loisirs.
Trop heureux quand ces fruits de ma reconnaissance
Peuvent à ses bienfaits payer un prix d'avance;
Que de châteaux en l'air, par l'espoir emporté,
J'élevais sur l'honneur et sur sa probité,
Pouvait-on m'abuser ? quel crime de le croire !
Point d'intérêt à feindre, à tromper nulle gloire,
J'étais heureux; un mois dans un calme profond
Se passe, je m'informe, alors on me répond:
» Qu'occupé depuis peu d'une affaire importante
» L'on n'a pas vu l'instant de remplir mon attente,
» Mais malgré ces délais l'on aime à m'assurer,
» Que fait pour obtenir je dois tout espérer.
Un mois se passe encor; à la fin je soupçonne
Que c'est de l'eau de cour que ce monsieur me donne;

—Quoi déjà ! ... Quel genie! — Eh ! de mon naturel,
Je hais tous ces tracas et ce soin éternel ;
Qui des solliciteurs agitent l'existence ;
C'est déjà trop pour moi qu'une longue espérance.
Mais de ce doute affreux comme il fallait sortir,
Je m'arme de courage et vole m'éclaircir :
Un laquais me reçoit, qui, quelque tems hésite,
Ne sachant s'il devait annoncer ma visite;
Dans un coin d'antichambre une heure rélégué,
Je vois venir quelqu'un du sallon délégué,
Qui m'annonce à regret « que monsieur invisible
» Pour me rendre service a tenté l'impossible ;
» De disposer de lui que j'ai toujours le droit,
» Mais que tout son pouvoir est moindre qu'on ne croit ;
Et je savais qu'admis chez des hommes d'élite
Mes succès dépendaient de sa seule visite.
Si quelque chose enfin pouvait se découvrir
Il mettra son bonheur à me faire avertir.
A ces mots, il me laisse, incertain si je veille
Croyant à peine aux sons qui frapent mon oreille ;
Et las de tant d'affronts, triste, désespéré,
J'allais me pendre enfin quand je vous rencontrai.
Belle chûte vraiment, je ne suis point des vôtres,
Et ne me punis pas d'un tort qui vient des autres,
Et puis, je n'entends rien par ces tristes récits,
Qu'à mes propres depens, hélas ! je n'aie appris.
Mais n'admirez-vous pas ma confiance extrême,
Dix autres à leur tour m'ont abusé de même ;
L'un d'un écrit se charge, et j'en attends l'effet...
Vainement, il avait suprimé le paquet.
L'autre m'assigne un jour, pour de telles affaires
L'on sait qu'aux rendez-vous les gens ne manquent guère.
Différer c'est marcher sur un sable incertain
La promesse est du jour, l'oubli du lendemain.

J'y vole, mais monsieur ne voit, n'entend personne;
Me dit-on de sa part.—Cet ordre qu'on vous donne,
Ne peut me concerner, j'ai sa parole — « Eh bien ! —
—Vous voyez qu'il m'attend.—» Gardez d'en croire rien,
» Il faudrait qu'un billet où l'on vous recommande...
» En êtes-vous porteur ? —Parbleu, belle demande.
Sur ce titre flatteur ne fus-je pas admis ? —
« — *Pour une fois,* pardon, il ne m'est plus permis
De rester.— C'est alors que je perds patience;
Ces hommes sont bien vains, criais-je, ou c'est démence,
Je m'éloigne à ces mots, furieux, éperdu,
Et depuis quatre mois je ne l'ai point revu.
Et j'ai bien fait, je crois ? —Non, le diable m'emporte,
De ces gens nuit et jour on assiége la porte,
Et sans se rebuter à la piste on les suit;
C'est ainsi qu'à la fin on se voit introduit.
Non, de l'égalité le système tranquille,
N'a pas rendu les gens d'un accès plus facile,
—Quoi! de la morgue encor ainsi qu'au tems jadis,
—Oh ! Chez certaines gens maintenant, c'est bien pis
Pour tout mérite ils n'ont qu'une vaine jactance,
Pour l'air de dignité, le faste et l'impudence.
Et l'usage d'un rang par l'intrigue obtenu,
Prouve bien clairement comme on est parvenu;
De ce corps trop nombreux ne blamez point les membres,
Et n'allez pas pester contre les antichambres,
Prévoyez les refus, supportez le dédain,
Et contre les affronts ayez un cœur d'airain,
Voilà comme on parvient. — Quoi ! ces gens de mérite,
Que pour leurs beaux écrits avec raison l'on cite,
Ainsi que moi jadis, avilis, rebutés,
Ont donc vû leurs succès à ce prix achetés,
—Plutus n'eut pas toujours, ami de la science,
Ce bandeau qu'il reçoit des mains de l'ignorance.

Mais depuis qu'aux auteurs on fait si mince accueil,
De quoi leur servirait un juste et noble orgueil.
Je l'ai bien éprouvé !.. Ce présent trop funeste,
Que nous fit en naissant la colère céleste,
A réclamer ses droits ce sentiment si prompt,
Qu'allarme un mot douteux, que révolte un affront ;
L'amour propre à Paris doit souffrir et se taire,
Rampez ou du succès pour vous je désespère,
Ou prenant pour modèle un soldat aguerri,
Allez, présentez-vous en conquérant hardi.
Forcez, à vos desseins tout obstacle contraire,
L'art du solliciteur tient de l'art de la guerre,
Si l'ennemi recule, allons, vîte pressez,
Il se retranche, eh bien! c'est l'instant, avancez,
En ruses, en détours que votre esprit fertile,
Assiége un protecteur, comme on bloque une ville.
—Mais dès les premiers pas, je me vois arrêté;
Sentinelle terrible un valet effronté...
—J'entends... eh bien! gagnez cet argus incommode;
Payez pour obtenir, aujourd'hui c'est la mode,
—Eh! dites moi! peut-on ainsi déraisonner!
Quoi! lorsque je demande, est-ce qu'il faut donner?
— Ecoutez; quand jadis pour la fille d'Acrise,
Jupiter d'un beau feu se sentit l'ame éprise,
Pour pénétrer au sein de cette énorme tour,
Où gémissait l'objet de son céleste amour.
De quel moyen puissant ce dieu fit-il usage?
De la force sans doute... oh! non, il fut plus sage,
Et prouva que l'adage est bien hors de saison,
Qui prétend de l'amour exclure la raison,
Modèle à proposer d'adresse et de génie,
Il répandit de l'or, non en goutte... une pluye.
Imitez cet exemple... — A peine ai-je le sou ;
— Solliciter sans or, ami c'est être fou!

Je crois voir un vaisseau sans mâts et sans boussole,
Jouet infortuné des caprices d'Eole,
Faisant pour arriver un inutile effort,
Ici c'est l'argent seul qui vous conduit au port.
Il en faut, croyez-moi, dans la plus mince affaire,
Pour le valet de chambre, et pour le secrétaire.
Eh! qui sait si par fois le maître du logis...
Oui, mon ami, lui-même... à regret je le dis.
A-t-on dix mille francs d'un bien, de quelques places,
On double ce produit du commerce des graces,
Et comme il faut à tout un prétexte décent,
C'est pour certaines gens qu'il faut mettre en avant,
Nécessaires agens et personnes discrètes,
Qui ressorts de l'intrigue et machines secrètes,
Ne sachant que par l'or agir et se mouvoir,
Encore loin du succès font acheter l'espoir;
Ce recit, je le vois, vous afflige et vous blesse;
  Cherchez sans protecteurs les honneurs de la presse:
Soumettez vos écrits qui par-tout promenés,
Bientôt avec mépris, vous seront ramenés.
Devenez le jouet, écrivain mercenaire,
De l'avide imprimeur, ainsi que du libraire,
A qui rien ne convient, si l'œuvre le mieux fait,
Du mauvais goût régnant ne porte le cachet.
C'est un écrit en vers, ce nom seul indispose.
—Tout franc, j'aimerais mieux que ce fut de la prose.
Comment? — Sur les bons vers on est si peu d'accord,
Un auteur peut souvent avoir raison et tort;
Tout dépend des lecteurs; chacun juge à sa guise,
Ce que l'un vante, eh bien! un autre le méprise.
—Pourquoi donc, la raison n'est-elle pas la loi?
Le bon est toujours bon. — Oh! rien ne l'est en soi,
Dans les vers je m'explique; écoutez par exemple,
Et voyez ce morceau qu'au hazard je contemple,

Ce mot est trop précis, ou bien trop général;
Tel l'emploie au physique, on le veut au moral.
Tant de simplicité paraîtra négligence,
De cette période observez la cadence;
Ce tour pourrait sembler avec art arrangé,
Un autre trouvera le sens trop prolongé.
—Eh que vous faut-il donc? — Une prose bien claire,
Quelque sujet commun et fait pour le vulgaire,
Un style familier qui d'abord se comprend,
—Mais le livre est mauvais.—Eh! qu'importe, il se vend.
Pauvres auteurs! voilà pourtant, comme on vous traite,
Ah! si l'on prévoyait tous les maux qu'on s'apprête,
Lorsqu'au produit certain d'un utile métier,
On préfère l'honneur d'un stérile laurier,
Lorsque pouvant passer en paix toute sa vie,
L'on s'expose au besoin, aux mépris, à l'envie,
Combien des livres vains détestant le fatras,
Fuiraient une carrière où le bonheur n'est pas.
D'ailleurs il est des arts de classe plus commune
Qui bien plus aisément mènent à la fortune.
Et sur lesquels on voit *objets de tant d'égards*,
Faveurs et pensions tomber de toutes parts.
— Si vous saviez danser! vous vous mocquez, je pense,
—Mais non; vous ignorez à quoi mène la danse.
Le pied bien en dehors, et le jarret tendu,
Rigaudons, mille pas dont aucun n'est perdu,
Voilà pour obtenir toute place vacante,
Cinq ou six entrechats sont requête puissante,
Depuis longtems l'usage a prouvé clairement,
Ce qu'on peut espérer d'un semblable talent,
C'est un fort bon avoir que trente mille livres.
— O ciel! de ce moment, je brûle tous mes livres,
— Si vous chantiez du moins! — encor! — non sans détour,
Vous gagneriez par fois quinze cent francs par jour,

Oh ! c'est une folie. — Ou plutôt un délire,
Pourtant j'aime beaucoup ces talens qu'on admire
Mais pour l'homme moral, et qui sait bien juger,
Chaque chose à la place où l'on doit la ranger ;
Du solide il distingue un passe-tems futile
L'agréable a ses goûts, son choix est pour l'utile,
Eh ! qu'ont produit ces arts dont chacun engoué
Se montre sectateur et l'apôtre avoué.
Et qui n'offrant jamais que des plaisirs stériles
S'enrichissent du prix des sciences utiles.
Par eux les opprimés connaissent-ils leurs droits ?
Ont-ils pour le barreau fait le code des lois ;
Ou bien des conquérans rivalisant la gloire,
En de sublimes vers consacré leur mémoire ?
Où les vit-on armés du pinceau, du burin,
Reproduire à nos vœux sur la toile ou l'airain,
Ces héros vertueux que le monde révère
Qui sans la désoler ont gouverné la terre ;
Ont-ils avec Neuton, transporté dans les cieux,
Mésuré, comparé ces globes lumineux
D'Erschel dans leurs calculs découvert la planète,
Accoutumé sans crainte à voir une comète ?
Recherché pour servir la triste humanité
La nature d'un corps et sa propriété ?
Des végétaux nombreux connu la bienfaisance,
Aux besoins de la vie appliqué leur substance ?
Ou d'un père expirant par des soins assidus,
Prolongé l'existance au moins d'un jour de plus ?
Sous le joug du commerce ont-ils enchaîné l'onde ?
Ou par d'heureux traités donné la paix au monde ?
Et des flots mutinés bravant les vains efforts,
Aux peuples éloignés ouvert d'heureux raports ?
Mais non, de ces beaux arts admirez les merveilles,
Ils enchantent les yeux, ils charment les oreilles,

Eh ! qui ne connaît point ce couple heureux, fêté,
Volant à la fortune, à l'immortalité,
Quand l'auteur d'un Contract que tout penseur admire,
Pauvre, persécuté, sur un grabat expire.
Ecrivez maintenant, misérables auteurs!
Veillez et palissez, philosophes, rhéteurs ;
Consacrez aux humains les travaux du génie,
Pour que l'on vous dédaigne ou que l'on vous oublie,
Ce n'est pas que je veuille outré déclamateur
Qu'on ferme à l'harmonie et l'oreille et son cœur;
Si cet art autrefois enfanta des miracles,
Le goût encor chez nous reproduit ses oracles.
Que d'artistes, grand Dieu ! en chefd'œuvres féconds,
Agréables, légers, sublimes et profonds,
Et toi qui jeune encore, l'espoir de ma patrie,
Annonçait la caverne, et Paul et Virginie,
Laisses gronder l'envie et reçois ces tributs,
Elle ajoute aux succès un triomphe de plus.
Mais pour une romance, ou mainte babiole,
D'un chanteur grasseyant que tout Paris raffolle...
Eh ! quel talent faut-il pour chanter des couplets
Le même qu'a montré celui qui les a faits;
Prodige merveilleux lorsqu'en de fades rimes,
Sans cesse de l'amour il trace les maximes.
Ah ! lorsque dans la paix, au sein d'un calme heureux
Tout va bien que chacun vit fortuné, joyeux,
Dansez, chantez, fêtez l'art qui ne doit que plaire,
Mais payez le talent aux états nécessaire,
Honorez les travaux que la société,
Doit priser en raison de leur utilité.
Il n'est pas jour encor, un maître de musique,
Entre tout frédonnant sa gamme en chromatique ;
Pauvre Ninon, il faut en bas du lit sauter,
Elle sommeille encore ; n'importe, il faut chanter.

De ses doigts engourdis, sur des touches glacées,
Effleurer de Pleyel les mesures pressées,
L'heure s'écoule, il part, un autre après survient,
Puis un autre, ils sont tant qu'avec peine on retient,
Les noms de ces savans arrivant à la file,
Et vendant à prix d'or un talent inutile.
Puis le maître de walse, art toujours dangereux,
Et qui des passions faisant naître les feux
Par des contours lascifs dont gemit la décence,
Prémature l'amour et bannit l'innocence.
Là vous n'entendrez point les sublimes leçons
De Clio, d'Uranie à leurs chers nourrissons.
Là vous ne verrez point une sphère placée
Vers des mondes nouveaux élever la pensée,
Mais un détail frivole et par là seul fatal,
Ce qui ne l'instruit pas pour l'enfance est un mal.
Est-ce avec cela seul que l'on est bonne mère ?
Qu'on élève ses fils, qu'on rend heureux leur père,
Et qu'en des jeunes cœurs de la morale imbus,
De leurs nobles ayeux on transmet les vertus.

Je le dis franchement, dans l'ardeur qui m'anime,
Si chacun de l'erreur cessant d'être victime,
Avait comme moi l'œil à la raison ouvert,
Demain, oui, dès demain, Paris serait désert,
Et j'irai des premiers au sein d'un calme extrême,
Oublier ses travers, et vivre pour moi-même.
Et d'un faux protecteur trompant la vanité,
Retrouver le bonheur avec ma dignité,
Là je n'entendrais par les cris de l'indigence,
Ni les tristes regrets de la faible innocence,
Qui par d'obscurs sentiers amenée à l'erreur,
Accuse sans rougir, les dieux et le malheur.
Et sans livrer mon ame à des soins inutiles,
Tous mes jours seraient beaux, mes nuits seraient tranquilles,

Mais ici le destin m'enchaîne malgré moi,
Dans ces lieux de mensonge où chaque jour je voi,
L'adroit Caméléon, adulateur flexible,
De l'intérêt esclave à l'honneur peu sensible
Pour la vaine faveur en tout sens agité,
Et plus qu'un nom flétri craignant l'obscurité.
Partisan simulé de l'ignorant en place,
Et foulant son idole en un jour de disgrace,
Rien à soi, ne vivant, ne pensant qu'en autrui,
Voilà par quels degrés l'on s'élève aujourd'hui.
—Pour les auteurs, c'est bien une pure chimère,
Que de croire au succès le talent nécessaire.
Fidèle observateur, saisissez en volant,
La nouvelle du jour, le style du moment.
Il est vrai, vos lauriers, vos palmes incertaines,
Pourront bien ne fleurir que deux ou trois semaines,
Un genre est épuisé, faites de nouveaux frais,
Des sottises d'autrui si l'on vit au palais,
En ridicules vains, notre espèce fertile
Aux auteurs à Paris ouvre un chemin facile.
Que Jocrisse, Bambin, Cri-Cri, Cadet Roussel,
Honneur de vos écrits y répandent leur sel.
Ou faites des romans tel qu'inventeur de fables,
Jamais jadis Perrault n'en eut fait de semblables.
Vous avez lu. — Beaucoup, et surtout avec fruit,
—Votre mémoire ? .. —est bonne, excellente, un vrai puit,
—En ce cas faites-moi de plates rapsodies,
Semez à tout hazard, orages, incendies,
Enlèvement, combats, et sur le sein des mers,
Placez votre sujet, et vos essais divers,
C'est un calme profond que le nocher redoute,
Plus loin une tourmente, ou deux amans sans doute,
Embarqués à Calais, séparés par les flots,
Se reverront dans l'Inde un jour fort-à-propos.

Se

Toujours des souterrains, des revenans, des ombres,
Beaucoup de merveilleux, et des peintures sombres,
Alors placé parmi ces sublimes auteurs,
Dignes par le talent de leurs savans lecteurs,
Vos produits sont certains, je le dis à voix claire,
Allez, courez, volez, chez le premier libraire.
Ainsi que sans douleur, sans raison enfantés,
De semblables écrits seront mieux achetés,
Que ces livres, ces vers, fruits d'une heureuse verve,
Et qu'autant qu'Apollon sut inspirer Minerve.
Qu'en pensez-vous? — Ma foi tout cela fait pitié.—
— Ecoutez, je ne dois vous rien dire à moitié.
Choisissez du talent par qui l'on se ruine;
Ou des drogues qui sont de richesse une mine,
Alors de protecteurs, on se passe aisément;
De leurs mensonges vains l'on s'amuse un moment.
Ou pour se venger d'eux d'une manière honnête,
On leur fait acheter leur histoire complète.
Vous riez!—Oui d'honneur.—Voilà comme on s'y prend,
L'ennui qu'ils ont causé, c'est ainsi qu'on le rend;
—De l'ennui, dites-vous! une attente éternelle,
La longue incertitude est l'erreur si cruelle;
Et ce terme fatal d'un espoir démenti,
Qui vous ramène au point d'où vous étiez parti;
N'est-ce que de l'ennui....? Toute fausse promesse,
Est au sein de la nuit cette lueur traitresse,
Qui brillant sur les pas du voyageur séduit,
Conduit en des écueils l'insensé qui la suit;
Je n'y comprends plus rien, tantôt, à l'instant même,
Vous parliez autrement. —Votre erreur est extrême,
J'encourageais l'espoir, je flattais du succès,
Mais avec de l'argent; autrement point d'accès.
—Eh! Je ne voulais rien qu'une légère grace,
A quelque homme de marque offrir la dédicace,

D'un livre qui pourtant n'en eût pas valu mieux ;
Mais tandis que son nom fixerait tous les yeux,
Trop porté à blamer, la critique sévère,
Dans ces momens heureux pourrait du moins se taire,
—Mais pardon ! Je suis franc, vous n'êtes point connu,
Si d'un méchant écrit, auteur trop prévenu !..
—Alors l'usage ancien règle en ceci les nôtres,
Un grand nom de tous tems en fit bien passer d'autres,
J'ai tant sollicité. — Mais vous perdiez vos pas,
—Tant d'écrits adressés.—Qui ne parvenaient pas !
—Eh ! Pourquoi s'en charger, cette bonté propice,
On pût la refuser....—Vous êtes bien novice ;
Et ne connaissez point ces hommes doucereux,
Qui sous les beaux dehors d'un zèle officieux,
Se font de protégés par orgueil un cortège,
Important, sans crédit, leur promesse est un piége.
Vous demandez un poste, en un besoin urgent,
Ou bien sur l'arriéré, vous voulez quelqu'argent ;
« L'on est on ne peut mieux avec tous les ministres ;
» Vous serez consigné demain dans leurs registres ;
» Il ne faut pour cela qu'un mémoire bien bref,
» Qu'à son tour des bureaux doit répondre le chef.
Cependant vous sentez qu'il faudra par décence,
Quelques mois, (c'est bien peu), vous nourrir d'espérance,
Attendre avec respect qu'on vous fasse avertir,
Ou craindre aux importuns le sort qu'on fait subir.
En pressant, l'on décide, ou l'on gâte une affaire,
Tel pourra vous servir, n'ayant plus rien à faire.
Étrangers abusés qui venez à Paris,
Des dons de la fortune engloutir les débris !
C'est à vous qu'il convient par d'immenses largesses,
De payer la faveur de si hautes promesses ;
Tout au gré de vos vœux à ce prix doit aller ;
(Plus lestement j'avoue, on ne saurait voler) ;

« L'on attend qu'un raport en ce point nécessaire ,
» Et déjà du commis , transmis au secrétaire :
» Puis au ministre..—Ah ! fourbe.. Eh bien ! je soutiens ,
Qu'aucun d'eux de ceci ne sait encore rien.
Et rien ne se termine , on crie à l'injustice ,
D'abus , d'insouciance , on croit maint chef complice ,
Quand pour le bien de tous , il sait avoir tout fait ,
Et ne se doute pas qu'on l'accuse en secret.
Mais quel sombre regard , et quel morne silence
Ces récits trop naïfs , fruits de l'expérience...
Pardonnez... Mais j'ai du. — Je ne suis plus surpris...
Et sans le regretter j'abandonne Paris ;
Adieu , charmant séjour , que l'erreur et les crimes
Augmentent loin de moi leurs dupes , leurs victimes.
Mes yeux sont désillés , j'ai trop vu tes faux biens ,
Tes reputations , et tes sublimes riens ,
Ton éclat , tes grandeurs qui du sot font l'extase ,
Mais dont souvent l'intrigue est la source et la base ,
L'importun en faveur , l'honnête homme abusé :
L'égoiste en Mécène avec art déguisé ,
Plus malheureux cent fois qu'avant de te connaître ,
J'arrivai par le coche , et m'en retourne en guêtre.
Non , non , vous resterez , partager avec vous ,
Mon crédit , mon avoir est un plaisir bien doux ,
J'ai quelques amis vrais dont l'estime me flatte ,
Faits pour l'azile étroit que construisait Socrate ,
La douce bienfaisance a pour eux des appas ,
Ils aiment à servir , et ne protégent pas.
Sur des titres certains osez prétendre aux places ,
L'on sait rendre justice , où l'on obtient des graces.
—Voyez-vous l'étranger vers nos murs accourir ,
Le commerce et les arts renaître et refleurir.
D'un astre bienfaisant tout ressent l'influence ,
Ce sont des jours nouveaux qui brillent sur la France,

Un mortel peu commun, un héros généreux,
Qui fixe tous les cœurs, que cherchent tous les yeux,
Vient d'enchaîner l'envie au char de la victoire,
Du prix de ses vertus il rachète sa gloire;
C'est vers lui qu'élevant sa pensée et son cœur,
Un auteur doit chercher la gloire et la faveur,
Abusé comme vous, au gré de mon envie,
C'est ainsi que j'ai vu mon attente remplie;
Et sous l'abri d'un nom, l'amour de l'univers,
Aux outrages du temps j'ai dérobé mes vers.
Trop long-temps de ces murs, les muses exilées,
Par un prodige heureux sont enfin rappelées.
La paix de leur retour a donné le signal,
L'olivier les précède en leurs pays natal;
Un consul les accueille, et rendant au génie,
Avec un nouveau lustre une antique patrie,
Il montre à tous Français, qu'appui de ses remparts,
L'arbitre de la paix est l'ami des beaux arts.

FIN.

www.ingramcontent.com/pod-product-compliance
Ingram Content Group UK Ltd.
Pitfield, Milton Keynes, MK11 3LW, UK
UKHW021029220726
13924UKWH00001B/212